伏櫪詩存

陶增驥 著

嶺南美術出版社

前言

收入此集之诗词，始自20世纪70年代“文革”岁月之中。溯自60年代之初，予离京赴鲁，转入山东财经学院任教。方期以实际经验积累，著为理论，培育英才。然不数载而遭逢“文革”，既身陷重灾之区,在劫难逃，为始料所不及。70年代又被下放山东北镇(今山东省滨州市),改行转业，名曰“解放”，仍为“待罪”之身。迨林彪事件之后，政治气氛有所松动，始得南下省亲，兼探望沪上老同学。于时罣碍尚多，晤见者只寥寥数人而已。同学少年，俄成霜鬓，慨国事之多艰，嗟我辰之安在！然亦未甘同俗浮沉，冀来日或尚能竭其绵薄，效力宗邦。思绪万千，遂尔形诸翰墨，发为诗歌。此诗句所称“心事浩茫人半百”、“伏枥犹思踏九边”之意，亦《伏枥诗存》之所由得名也。

“四人帮”覆灭，十一届三中全会召开，乾坤再造，百废待兴。予旋亦奉召还京，重理旧业。回首前尘，“文革”以来脱离专业者凡14年。已近花甲之年，不知老之将至。自此，以科研而兼导研究生，忽又二十二载，为人生又一转折。故此集所存，取自70年代以迄今兹。虽不足以言诗，然大率有感而发，不耽于吟风弄月，亦不为无病呻吟，于中可随国事之废兴，略见予后半生之轨迹。用是不计诗之工拙，公诸亲朋与同好之前，所以寄鸿爪留痕之意云尔。

予于旧体诗虽略知其格律，然不欲拘守平水韵。古今音异。拙诗用韵，多取今音之相近者。识者谅之！

本集蒙岭南美术出版社出版。著名书法家、国画家惠赐墨宝，令篇什增光。而韩君继东力促结集，并倾注大量心血，张君建强复大力促成其事，使此集得以问世。

谨此致谢！

陶增骥

2002年12月24日

目录

七律	沪滨别后寄江泽宏	1
浣溪沙	沪上晤曹起龙、杨远翔伉俪	2
七律	京口故里赠女弟	3
七律	答江泽宏	4
七律	寄余开祥上海	5
七律	初晤陶青甥女于京口故宅并惜别	6
七绝	一九七五年夏，自京口渡江访翟华林于泰州，复同游广陵二首	8
七律	与翟华林游扬州，联床夜话，感赋	10
五律	寄蒋正杰表弟沪上	11
七绝	答翟华林	12
浣溪沙	遣怀	13
沁园春	庆四凶亡	14
七律	哭顾则先	16
七绝	再哭顾则先	17
七绝	登镇江金山寺塔二首录一	18
七律	和王骧	19
七绝	步韵奉和王骧同志赠别	20
七律	奉调山东大学，感赋一律	21
七律	奉调还京途中	22
五律	游敦煌，归途过嘉峪关至酒泉二首	23
七律	追怀建设银行故行长马南风	26
七绝	寄翟民苏联列宁格勒，时其新婚夫人仍留波兰三首录一	27
七绝	驱车登长白山巅，风狂雾重，久候不见天池，废然而返	28
七绝	抚松道中口占	29
七绝	赴美探儿，机中口占	30

七律　七十初度 …… 31
七律　赠广州李国维、黄月华伉俪二首录一 …… 32
浣溪沙　羊城喜遇刘雄弼，盖四十年不见矣，九三年耶诞节夜，承邀宴于广东国际大酒店十四楼 …… 33
七绝　肇庆行七首录五 …… 34
七绝　京口故里三首 …… 39
七律　别朱竟若妹丈、翔妹 …… 42
七绝　寄朱晓明甥女溧阳 …… 43
七绝　春节观曾昭斌吹玉笛，奏新破译敦煌唐曲，兼乐舞 二首录一 …… 44
七绝　贺《研究生论坛》创刊十周年 …… 45
七绝　道边杨、李、桃、梧次第花开，迄于春尽，感赋 …… 46
七律　陶青甥女至自昆明，旋访欧返京复南归，有赠二首 …… 47
七律　青甥南归，赋二律以贻其母二首录一 …… 49
七律　返京后，柬沪上昔年参加学运诸同学 …… 50
七律　哀故人 …… 51
七绝　参加中央组织部组团赴浙度假六首 …… 52
七绝　咏白莲 …… 58
五绝　戏为与芙蓉问答二首 …… 59
七绝　荷花生日，紫竹院观荷，不见白莲 …… 61
七绝　夜读李商隐诗有感，口占二绝 …… 62
七律　新居遣兴 …… 64
七律　癸未年春节后，因腿疾入住北京友谊医院，老友门人时相过从，慷慨论天下事，感而赋此 …… 65
附录　岁月留痕——陶增骥先生活动略记 …… 66
后记 …… 75

七律

沪滨别后寄江泽宏①

一九七二年五月，山东北镇

岁月峥嵘忆昔年，
重逢鬓发各苍然。
娇雏问讯忻初见，
俪侣称名忆旧颜。
愧我风尘终碌碌，
羡君才调②故翩翩。
海圻③日暮知途远，
伏枥④犹思踏九边。

①江泽宏，予复旦大学(抗日战争期间迁重庆)同窗挚友，同系同班，同寝室，同出入。毕业后留校任教，后任复旦世界经济研究所所长，不幸早逝。五十年代中期在京一面，再见时均半百之年。杜诗所称“昔别君未婚，儿女忽成行。怡然敬父执，问我来何方。”异代有同感焉！

②才调(diào)：才气。

③海圻(qí)：海边。

④伏枥：马俯首于槽上。曹操《步出夏门行》诗：“老骥伏枥，志在千里；烈士暮年，壮心不已。”

书法：韩继东

浣溪沙

沪上晤曹起龙[1]、杨远翔伉俪

一九七二年五月

犹忆当年新嫁杨，依然风貌旧曹郎，宁馨娇女喜无双[2]。

千里驱驰逢故旧，十年湖海愧文章，流光轻换鬓边霜。

①曹起龙：予复旦同系同班同学。1949年曾在上海原海关俱乐部与其婚礼，新人披纱缓步行进，光景宛在目前。

② 宁馨娇女喜无双：女公子一人曰曹杨。宁馨，晋宋时的俗语，意为“如此”、“这样”。后以宁馨儿为对孩子的美称。

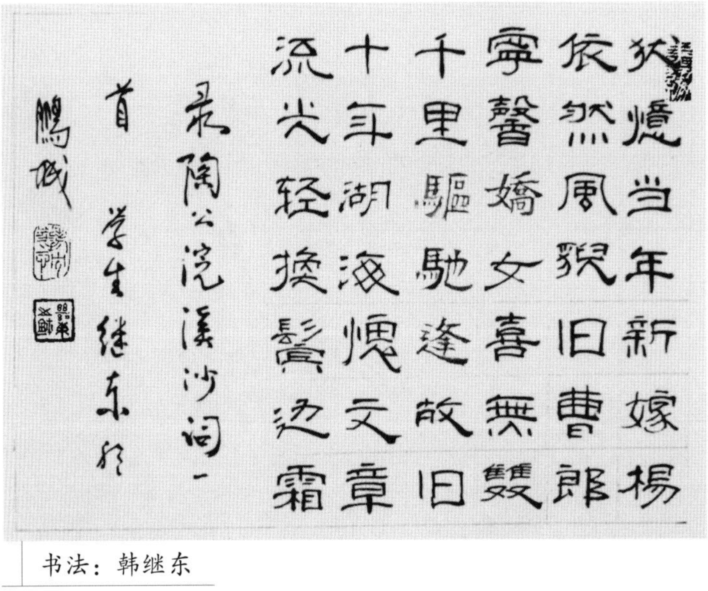

书法：韩继东

书法：苏海强

七律

京口①故里赠女弟

一九七二年五月

不渡江南又十年，重来霜鬓过堂前。
风华且喜诸甥俊，艰苦偏知女弟贤。
心事浩茫人半百，烟尘迢递路三千。
途穷岂坠青云志②，报国犹期着祖鞭③。

①京口：今江苏省镇江市。

②青云志：喻指远大的志向。唐王勃《滕王阁序》：“老当益壮，宁知白首之心；穷且益坚，不坠青云之志。”

③祖鞭：晋刘琨与亲旧书曰：“吾枕戈待旦，志枭逆虏，常恐祖生(指祖逖)先吾着鞭耳。”后因以祖生鞭或祖鞭为勉人努力进取之喻。

七律

答江泽宏

一九七二年十月，时出差烟台

云外飞来锦字笺，感君相问意绵绵[①]。
少时援笔参筹策，老去无才愧俸钱。
喜有雄文寒敌胆[②]，敢将报国比心坚。
秋风乍起鲈鱼美[③]，翘首江东又一年。

①泽宏在当时政治环境下，为谋借调复旦工作。

②泽宏有研究帝国主义经济等著作。

③晋张翰在洛，见秋风起，因思故乡莼羹，鲈鱼脍，说人生贵在适意，遂辞官归江南。后因以鲈鱼、鲈鱼脍、鲈莼为思乡之典。

书法：苏海强

七律

寄余开祥[1]上海

一九七四年四月，山东北镇

星离云散[2]几多秋，
一夕春寒聚小楼[3]。
樽俎俄成垂老别[4]，
风华长想少年游。
荒茫海徼音书寂[5]，
文采江东故旧多。
剩有襟怀期报国，
夜深剪烛课蝇头[6]。

①余开祥：予复旦同系同班同学，后任复旦世界经济研究所所长。

②星离云散：形容分散。

③一夕春寒聚小楼：开祥在“十年动乱”中受迫害，时“解放”不久，诗中所谓春寒，兼寓此意。

④樽俎俄成垂老别：是夕开祥留饭，饭后即别，聚散匆匆。樽俎，古代盛酒食的器皿，借指宴席。

⑤荒茫海徼音书寂：予当时下放山东北镇，改行转业，地处僻远，音书沉寂，前途未卜。此别，真有“明日隔山岳，世事两茫茫”(杜少陵《赠卫八处士诗》) 之感。海徼(jiào):近海之地。

⑥夜深剪烛课蝇头：因常停电，只得秉烛夜读。课：讲习，学习。蝇头：喻指像苍蝇头那样小的字。宋陆游《读书》诗之二:“灯前目力虽非昔，犹课蝇头二万言。”

七律

初晤陶青锡女于京口故宅①并惜别

一九七五年八月

喜看二十一龄人，仿佛当年阿母身②。
事业航程期万里③，诗情枕上已三更④。
归帆江上迎星火，音问天南绕梦魂⑤。
一曲骊歌⑥休惜别，神州戮力正青春。

书法：苏海强

①初晤陶青甥女于京口故宅：一九七五年夏予回镇江省亲，陶青甥女亦自昆明转道江西来，数日即别。甥为予弱妹毓之长女。

②喜看二十一龄人，仿佛当年阿母身：予初见甥，甥已二十一龄。忆其母于一九五六年来京入中央团校学习时，甫二十三岁，长身玉立，至今记忆犹新。今又将二十年，只见其女未见其母。岂料骨肉之亲，乖疏若此，时势使然，良可浩叹！

③事业航程期万里：甥时在清华大学攻陀螺仪专业，诗兼寓此意。

④诗情枕上已三更：与甥初见之日，话及昆明大观楼长联。甥为道“东骧神骏，西翥灵仪，北走蜿蜒，南翔缟素”为昆明四周地名、山名，解予数十年之惑。次日携之往镇江江边，遥望对岸，问是何处。应声答曰：“瓜州”，并引王安石诗“京口瓜州一水间”。予喜其聪慧好学，为侪辈所仅见。又感于人生聚散无常，别易会难，夜不成寐，遂吟成是诗。

⑤音问天南绕梦魂：谓深念其母。

⑥骊(lí)歌：告别的歌。

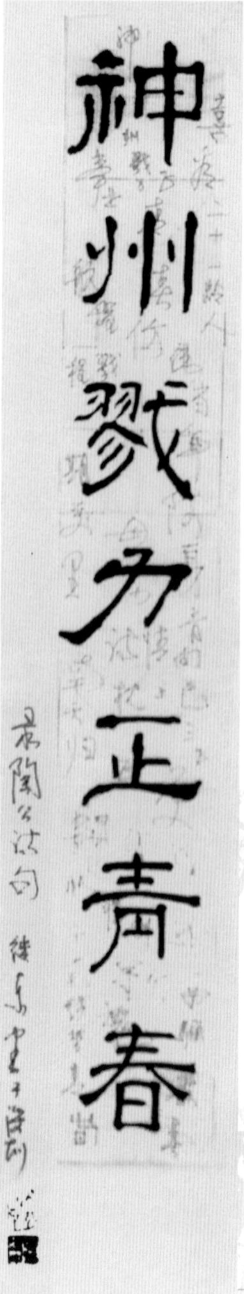

书法：韩继东

七绝

一九七五年夏，自京口渡江访翟华林[1]于泰州，复同游广陵[2]二首

浪逐飞花晓雾收，京江横渡喜重游。
水乡百里新禾碧，一路轻车下泰州。

①翟华林：予之至交，六十年代共事于山东财经学院，时已退休返里。

②广陵：今江苏省扬州市。

书法：苏海强

书法：苏海强

其　二

四十年前此旧游，五亭桥[1]系木兰舟[2]。
隋堤[3]烟柳依然好，前度刘郎[4]今白头。

①五亭桥：扬州瘦西湖名桥，桥上有五亭。

②木兰舟：用木兰树造的船，常用为船的美称。

③隋堤：隋炀帝时沿通济渠、邗沟（经扬州）河岸修筑的御道，道旁植杨柳，后人称为隋堤。

④前度刘郎：传说东汉刘晨、阮肇在天台山遇仙，归来已是晋代；后刘、阮重访天台，旧踪渺然。诗文中因称去而复来的人为“前度刘郎”。

与翟华林游扬州，联床夜话，感赋

七律

一九七五年八月

结伴同来续旧游，
绿杨城郭故扬州。
五亭桥在西湖瘦，
千里人归鬓发秋。
半世交情真落落，
百年心事自悠悠。
联床他日期三度，
月满西窗雪满头。

书法：苏海强

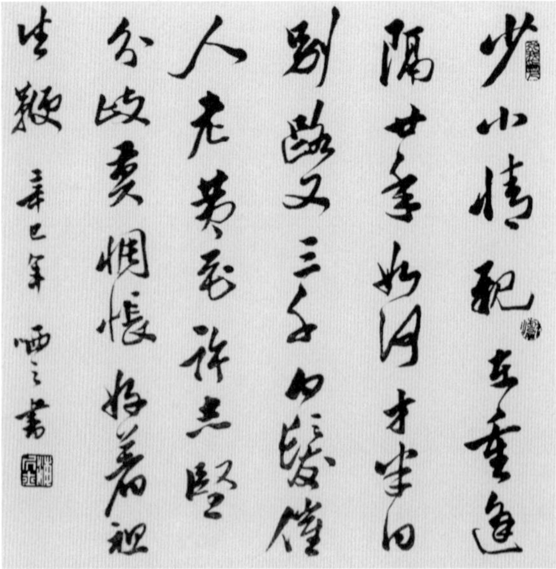

书法：苏海强

五律

寄蒋正杰表弟沪上

一九七五年八月，山东北镇

少小情亲在，重逢隔廿年。
如何才半日，别路又三千！
白发催人老，黄花许志坚。
分歧[1]莫惆怅，好着祖生鞭。

①分歧：离别。

七绝

答翟华林①

一九七五年八月，山东北镇

老有黄花慰寂寥，
半生为客负清标②。
漫云野渡舟无主，
犹胜风前舞柳腰。

①翟退休后惠诗，有“于今野渡舟无主，月白风清忆故人”之句。和诗慰之，亦自伤也。

②清标：清美俊逸，此指菊花姿态。翟家植有花卉，主人在外工作多年，不得观赏，有负黄花之清标，以此慰其退休后孤寂之情。

国画：张郁文

书法：王征

浣溪沙

遣怀

一九七五年八月，山东北镇

家在吴头楚尾间，江干日日过千帆，春风不解送侬还。
万壑松涛长白岭，无边柳色玉门关，消魂何独是江南？

沁园春
庆四凶亡

一九七六年十月，山东北镇

寥廓高秋，风雷激荡，飞度神州。看五湖四海，纷传喜讯，红颜白发，争上街头。山岳讴歌，江河欢笑，燕舞莺啼庆自由。颂伟烈，将狂澜力挽，砥柱中流。

乌云乍聚还休，又日丽中天魔怪收。纵妖幻红装，精生白骨，机关空算，恶史长留。党去元凶，国除四害，万里山河展壮猷。看来日，有前程似锦，光耀环球。

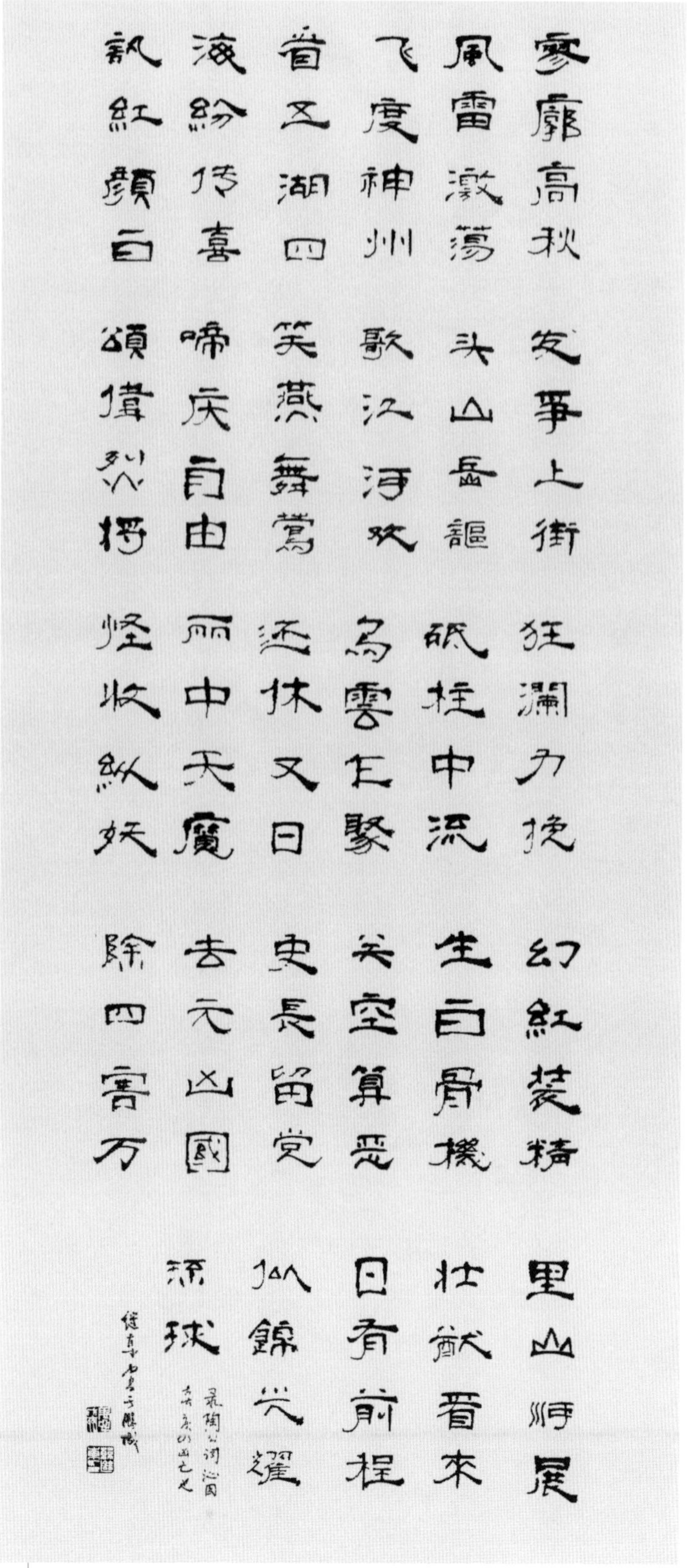
寥廓高秋
風雷激蕩
飞度神州
普又湖四
海紛传喜
訊紅顏白
发事上街
头山岳謳
歌江河欢
笑燕舞鶯
啼庆自由
頌偉烈挡
狂瀾力挽
砥柱中流
爲雲作驟
还休又日
兩中天魔
怪收縱妖
幻紅装精
生白骨機
关空算盡
史長留党
去元凶國
除四害万
里山河展
壮猷晋來
日有前程
似錦光耀
环球

书法：韩继东

七律

哭顾则先①

一九七七年八月，山东北镇

一别何期成永诀，沪滨执手有余温。
哀音辗转三千里，知己凋零第一人。
世正般般期上士，天胡聩聩②丧斯文③！
何当④泪洒沧江水，万顷风涛一奠君⑤。

①顾则先：予复旦同窗挚友。
②聩聩(kuì)：昏庸，糊涂。
③斯文：文人。
④何当：犹何时。
⑤万顷风涛一奠君：君遗言骨灰洒入黄浦江。

书法：韩继东

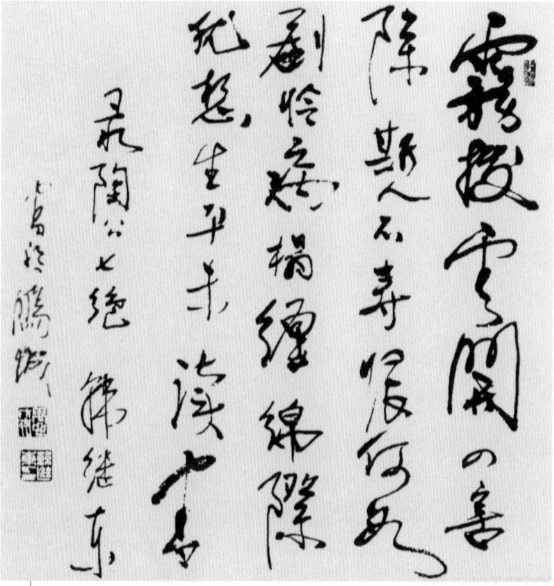

书法：韩继东

七绝

再哭顾则先

一九七七年八月

雾拨云开四害除，
斯人不寿恨何如！
剧怜病榻缠绵际，
犹想生平未读书。

七绝

登镇江金山寺塔二首 录一

一九七七年岁末，偕湫芳，平来内侄及其幼子雪松登镇江金山寺塔、游甘露寺，口占二绝。

七宝①浮屠②百尺楼，
江天风物望中收。
老夫敢惜攀登苦，
喜有松儿在上头。

①七宝：佛教语。此处指七种珍宝。
②浮屠：佛教语。此处指佛塔。

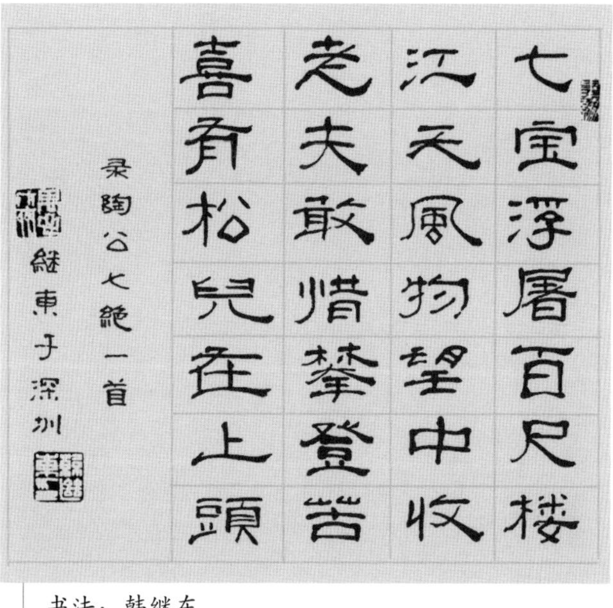

书法：韩继东

七律

和王骧

一九七八年元月，镇江、宁波两地区汉语大词典编写组同人会于京口。予时自山东惠民地区编写组归省，躬逢其盛。镇江组王君骧惠诗，奉和一律。

惊雷迅殛四凶亡，
吴越[1]衣冠[2]济一堂。
渤海频年惭浪迹，
江乡新岁读华章。
一翁矍铄[3]情怀美，
四海讴歌民气张。
盛事喜随群彦[4]后，
空疏[5]倘许奋词场。

①吴越：指江苏、浙江。
②衣冠：旧时用作较有地位、声望的知识分子的代称。
③矍铄(jué shuò)：形容老人目光炯炯，精神健旺。
④彦：贤士，俊才。
⑤空疏：空虚浅薄。

七绝

步韵奉和王骧同志赠别

一九七八年二月，江苏镇江故里

乱眼春光费剪裁，刘郎老去愧诗才。
一樽何日酬知己，倘有东风卷地来？

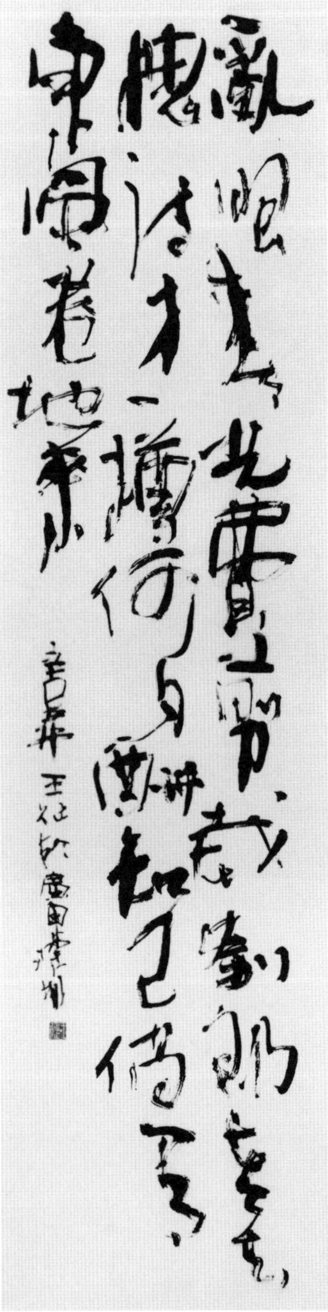

书法：王征

七　律

奉调山东大学，感赋一律

“四人帮”既灭，予奉调山东大学汉语大词典编写组，距一九六九年九月去济南已九年矣。

一九七八年十月，济南

似绮年华何处寻？
泉城①重到鬓如银。
文章辛李②留天地，
功业湖山阅废兴。
长路崎岖归老马，
霜天寥廓击苍鹰。
不辞万里长为客，
衰白还堪担几斤③？

①泉城：指济南。

②辛李：指辛弃疾、李清照，宋代著名词人，均山东济南人。

③衰白还堪担几斤：苏步青先生“文革”中受冲击，有诗云：“无官未可一身轻，为党还须担万斤。”心窃慕之。

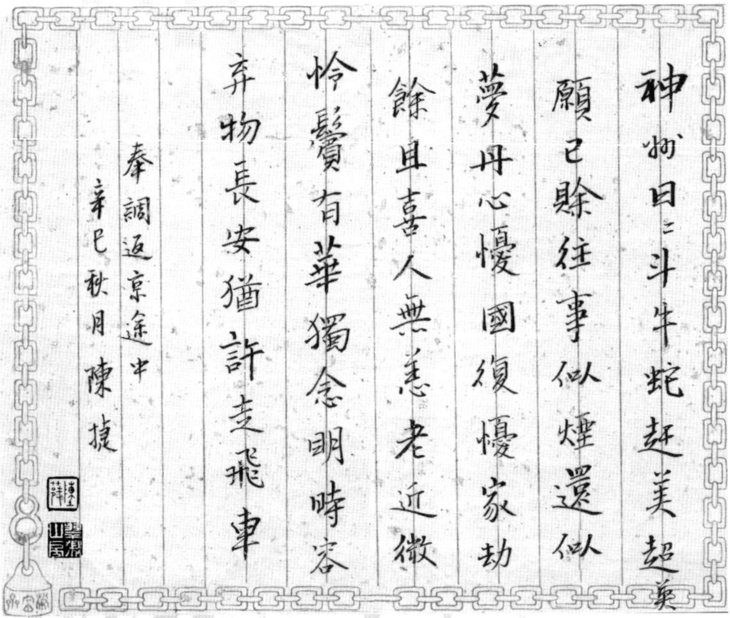

书法：陈捷

七　律

奉调还京途中

一九八〇年三月

神州日日斗“牛蛇”，赶美超英愿已赊。
往事似烟还似梦，丹心忧国复忧家。
劫余且喜人无恙，老近微怜鬓有华。
独念明时[1]容弃物，长安犹许走飞车。

① 明时：政治清明的时代。

五律

游敦煌，归途过嘉峪关至酒泉二首

一九八二年八月

万里敦煌郡，
来瞻千佛岩。
庄严生宝相①，
接引赖朱颜②。
风聚沙千仞③，
泉生月一弯④。
琵琶催道急，
咫尺失阳关⑤。

①宝相(xiàng)：佛的庄严形象。

②接引赖朱颜：导游女郎讲说甚妙。

③风聚沙千仞：敦煌有沙山，传为风聚。

④泉生月一弯：沙山下有水一湾，类新月，名月牙泉，清澈见底，终年不竭亦不溢。

⑤咫尺失阳关：归途去古阳关遗址已近，而同行某君不欲纡途往观，失之交臂。

“来瞻千佛岩”，左为李海教授。

其二

塞上秋风急，
征轮四郡[①]还。
名泉思汉将[②]，
雄堞见秦关[③]。
千里穷戈壁，
三边[④]重陇甘。
足兵兼足食[⑤]，
终古仰高山[⑥]。

“雄堞见秦关”，左为李海教授。

书法：王征

①四郡：古河西四郡：敦煌、张掖、武威、酒泉。

②名泉思汉将：传汉霍去病征匈奴班师途中，得武帝赐酒，全倾泉内，与士卒同饮，酒泉因以得名。

③雄堞见秦关：嘉峪关明代建，误为秦关，今不改，以志吾过。

④三边：明代指延绥、甘肃、宁夏三地区。

⑤足兵兼足食：粮食、军备充足。《论语·颜渊》：“子贡问政。子曰：‘足食，足兵，民信之矣。’”

⑥终古仰高山：四郡皆仰赖祁连山雪水，水草富饶，农畜兴旺。

七 律

追怀建设银行故行长马南风[1]

一九八四年七月，北京

星沉风雨鸡鸣[2]日，
论定山河虎变[3]时。
行运兴衰关大计，
人才黜陟[4]费心机。
规模一代开生面，
遗爱[5]频年绕梦思。
万里征程催四化，
九原应足慰心期。

①南风同志创建建设银行，为第一任行长。工作深谋远虑，雷厉风行，知人善任，信赏必罚，求才若渴，开一代之规模。谋全行垂直领导，格于当时指导思想，未果。

②风雨鸡鸣：《诗经·郑风·鸡鸣》："风雨如晦，鸡鸣不已。"后比喻于险恶处境中不改变气节操守。马南风卒于"十年动乱"之中。

③虎变：指虎皮的花纹斑斓多彩。比喻因时制宜，革新创制，斐然可观。

④黜陟(chù zhì)：指人才的进退，官吏的升降。

⑤遗爱：指留于后世而被人追怀的德行、恩惠、贡献等。

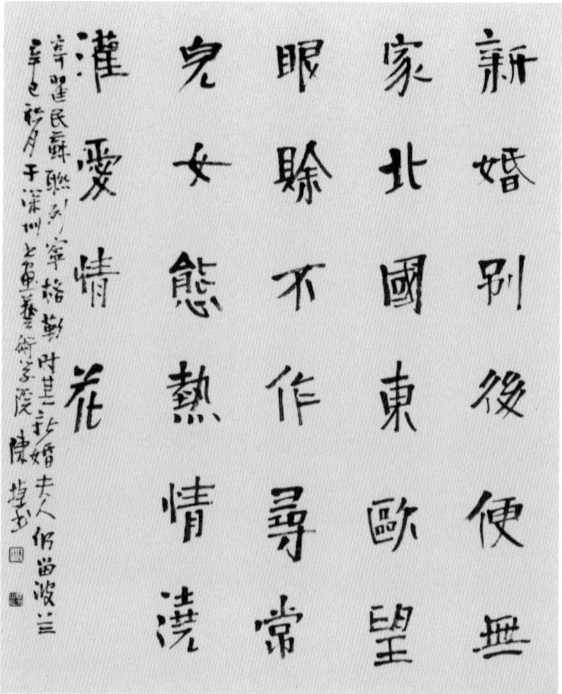

书法：陈捷

七绝
寄翟民苏联列宁格勒，时其新婚夫人仍留波兰三首 录一

一九八四年，北京

新婚别后便无家，
北国东欧望眼赊。
不作寻常儿女态，
热情浇灌爱情花。

七绝

驱车登长白山巅，风狂雾重，久候不见天池，废然而返

一九八五年八月

孤标[1]危道上迟迟，
车走雷声惊帝居。
料是远来神未识，
狂飚浓雾锁天池。

①孤标：指山突出的顶端。

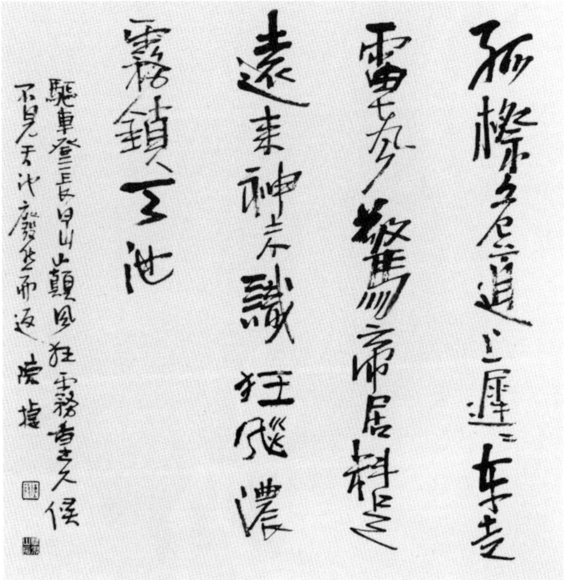

书法：陈捷

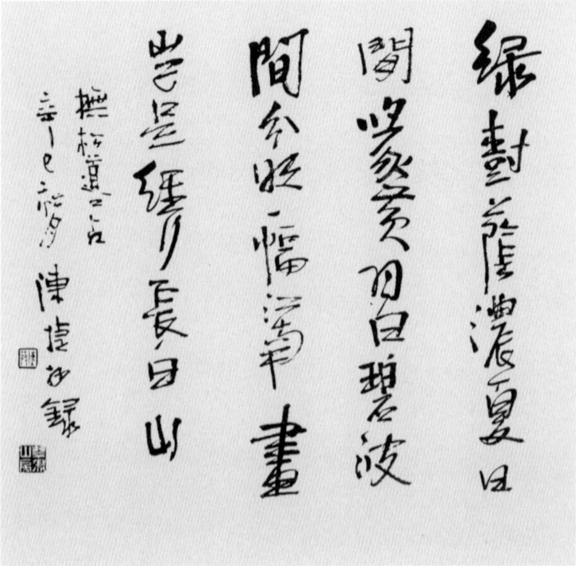

书法：陈捷

七绝

抚松道中口占

一九八五年八月

绿树荫浓夏日闲，
喙黄羽白碧波间。
分明一幅江南画，
岂是经行长白山。

七　绝
赴美探儿，机中口占

一九九二年八月

七十犹能越太平，
九天之上听龙吟。
浮生一觉邯郸梦，
何似人间儿女情？

恬儿参观哈佛大学，与其法学院教授合影。

七　律

七十初度[1]

一九九三年十一月，北京

七十光阴何所成？
头童[2]目眊[3]一“儒生”。
壮无筹策匡经济，
老有诗书破寂岑。
涉世长宜多旷达，
养生须是淡浮名。
绛帷[4]弟子多英发，
敢把衰慵误锦程。

①初度：生日。
②头童：头秃。
③目眊(mào)：眼睛昏花。
④绛帷：对师门、讲席的敬称。

七律

赠广州李国维①、黄月华伉俪二首录一

一九九四年一月

羊城话旧触襟怀，伉俪情深竟日偕。
推食解衣知我老，论诗问字识君才。
几回胜景舒眉望，一席清歌笑口开。
天若有情天不老，人间欢乐动如来。

①李国维：建设银行广东省分行原副行长，予之故交。

从化温泉瀑布，与李国维、黄月华伉俪合影。

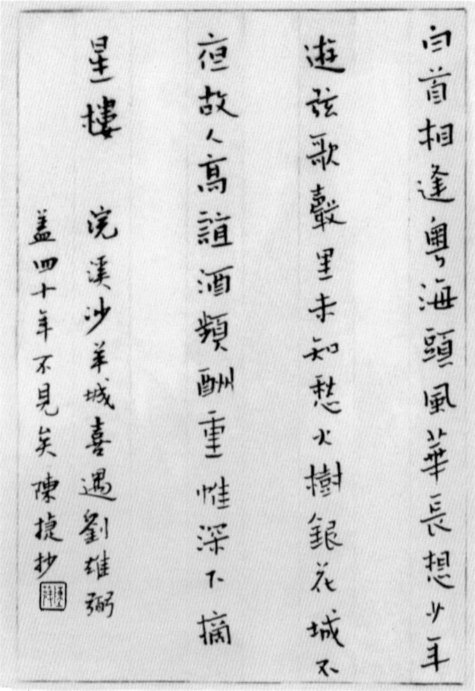

书法：陈捷

浣溪沙

羊城喜遇刘雄弼①，盖四十年不见矣，九三年耶诞节夜，承邀宴于广东国际大酒店十四楼

一九九四年一月

白首相逢粤海头，
风华长想少年游，
弦歌声里未知愁。
火树银花城不夜，
故人高谊酒频酬，
重帷深下摘星楼。

①刘雄弼：建设银行广东省分行原副行长。

七绝

肇庆行七首 录五

一九九四年一月

端州宋郡城

山外青山楼外楼①，
银花火树古端州。
宋城寂寞依稀在②，
相见来迟已白头。

①山外青山楼外楼：舍船登西江码头望肇庆，一侧有重山类桂林，另一侧为近时所建高楼大厦，相映成趣。遂觉东坡名句，似为此城而咏。

②宋城寂寞依稀在：宋代端州郡城尚存，惜两侧全为民居所掩，仅某处微有外露。

国画：朱嘉权

星湖 其二

晨曦初上晓天舒，
悬索桥边闻鹧鸪。
石壁题辞人已杳，
长堤十里瘦星湖①。

①予二〇〇二年六月重游星湖，始知其仅略小于杭州西湖。星湖非瘦，未免唐突西施。故有句自嘲云：“一见何尝胜百闻？重来再见始成真。汪洋可比西湖水，错认星湖是瘦身。”

鼎湖 其三

山深人寂翠参天，
溪水淙淙不计年。
到此已无尘染地，
何须方外①觅神仙。

①方外：世外。指仙境或僧道的生活环境。

鼎湖

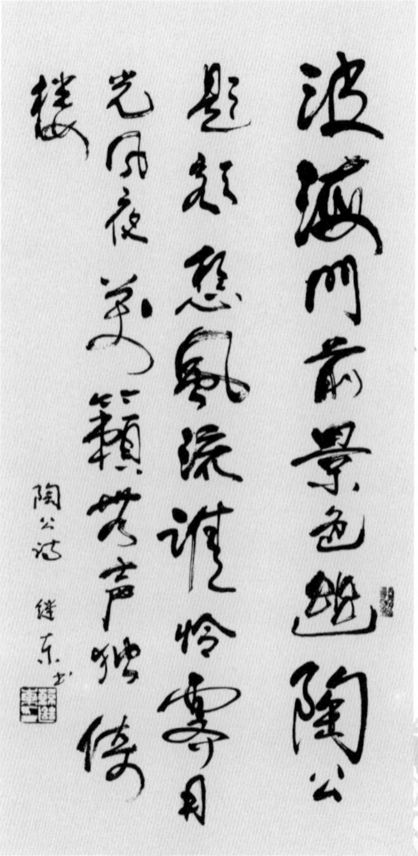

书法：韩继东

宿波海楼 其四

波海门前景色幽，
陶公[①]题额想风流。
谁怜霁月光风夜，
万籁无声独倚楼。

①陶公：指陶铸。

其五

别主人

古木蔽天人寂寂，
山花满地鸟空啼。
空桑三宿①情无尽，
不忍临歧话别离。

①空桑三宿：佛教有出家人不三宿桑下，以免妄生依恋之说。清龚自珍《摸鱼儿·乙亥六月再别新安作》词：“空桑三宿犹生恋，何况三年吟绪！”

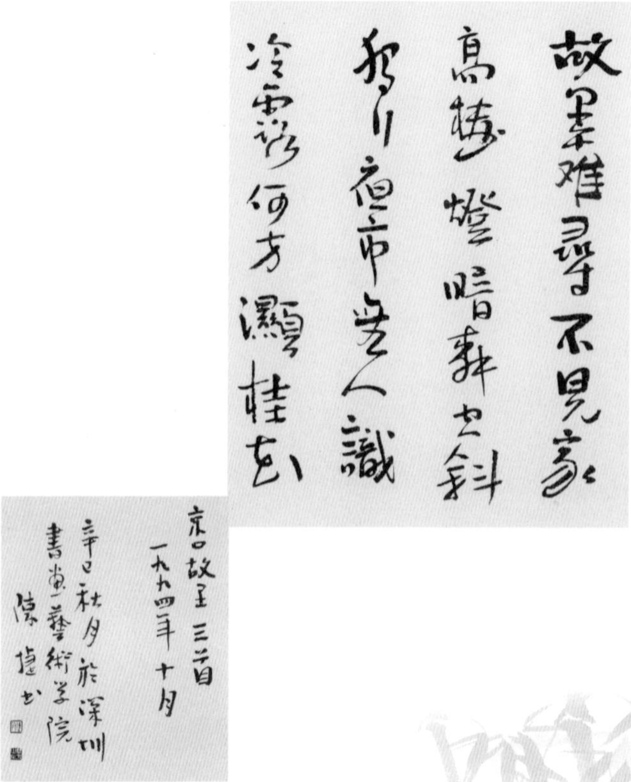

书法：陈 捷

七 绝

京口故里三首

一九九四年十月

故里难寻不见家[①]，
高楼灯暗树空斜。
独行夜市无人识，
冷露何方湿桂花[②]？

①旧宅本临街，现为新建街市所掩，夜间难觅。

②冷露何方湿桂花：旧宅有老桂三株，每值花时，香飘街市，今当八月(农历)，竟不可闻。唐王建诗："冷露无声湿桂花。"

其二

重门深锁市声哗①，
三径②依然是故家。
丹桂萧疏生意尽，
秋来无复旧时花。

①重门深锁市声哗：谓旧居门巷较深，拒市井喧哗于宅外。

②三径：指归隐者的家园。晋陶潜《归去来辞》："三径就荒，松菊犹存。"

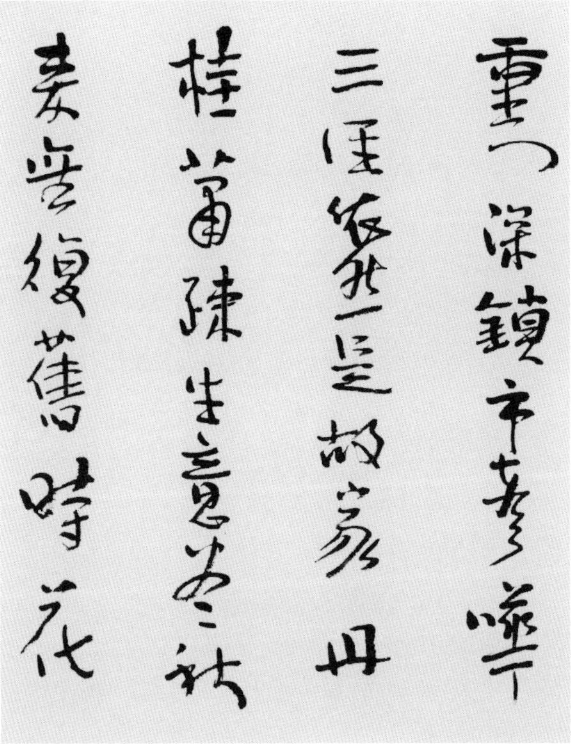

书法：陈 捷

其三

记得儿时露井①榴，
荷花一曲桂三秋。
如烟往事随风逝，
不为归人少驻留。

①露井：没有覆盖的井。露井榴，指长于露井之旁的榴树。

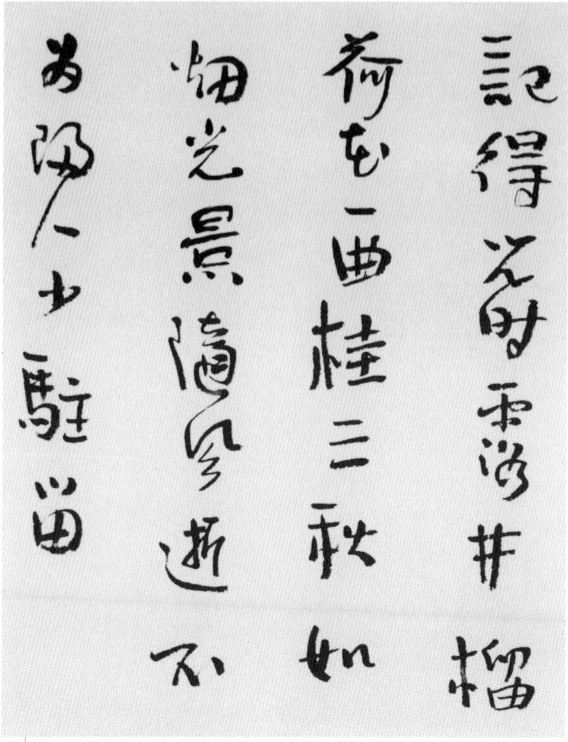

书法：陈捷

七律

别朱竟若妹丈、翔妹

一九九四年十月 江苏溧阳

旧辙茶亭久未忘，轻车此日诣华堂。
相看白首犹能饭，喜有芝兰①不独芳。
一世行藏②真磊落，半生风雨③等寻常。
古稀今日休言老，耄耋④重来侑⑤酒浆。

①芝兰：喻优秀子弟。
②行藏：指出处或行止。
③半生风雨：妹丈曾经被错划右派，安之若素。
④耄耋(mào dié)：高寿，古代约指七十至九十岁年纪。
⑤侑(yǒu)：劝。多用于酒食、宴饮。

朱竟若妹丈与翔妹。

与朱晓明甥女在江苏溧阳市。

寄朱晓明甥女溧阳

七绝

一九九四年

与汝重逢隔念年，
临风玉树故翩翩。
渭阳[1]情重连宵话，
犹自萦回在耳边。

①渭阳：舅父的代称；甥舅情谊。

七　绝

春节观曾昭斌吹玉笛，奏新破译敦煌唐曲，兼乐舞二首录一

一九九五年二月，北京

飞天[1]飘动彩云稠，
玉笛今宵韵独悠。
舞罢曲终人不见，
绕梁[2]犹是古《伊州》[3]。

①飞天：佛教壁画或石刻中的空中飞舞的神。

②绕梁：形容歌声高亢回旋，久久不息。语本《列子·汤问》："余音绕梁檷，三日不绝。"

③伊州：唐代曲调名，借指被破译的唐代敦煌曲。

七绝

贺《研究生论坛》

創刊十周年

一九九五年，北京

一帆新张阅[1]十年，
好从世事悟真诠[2]。
文章报国男儿事，
岂为坊间[3]换酒钱。

①阅：经历。

②真诠(quán)：真理。好从世事悟真诠，即实事求是之意。

③坊间：街市上。

道边杨、李、桃、梧次第花开，迄于春尽，感赋①

七绝

一九九五年六月，北京

杨花飞舞逐风尘，桃李无言②景自春。
最是碧梧花尽后，犹张新叶荫劳人。

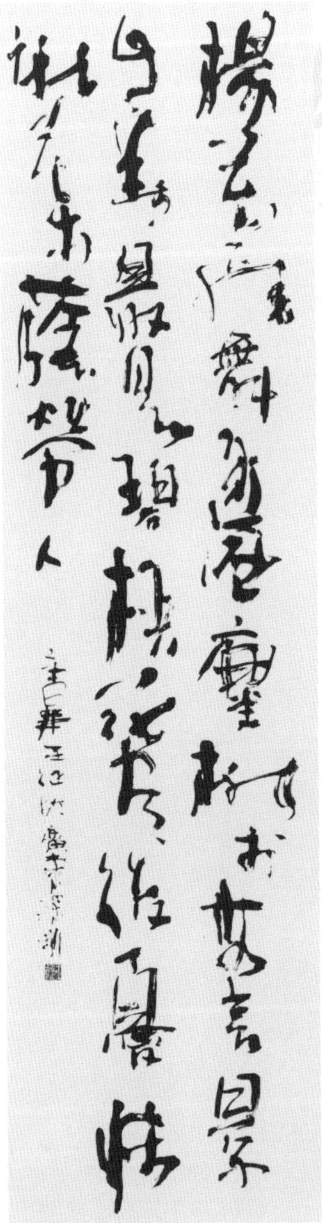

书法：王征

①予旧居花园村。北地干燥。春初至，杨花飞舞，扑面侵窗，扰人尤甚。信步街头，见桃李花开，楚楚迎人，如佳子弟。俄而夹道桐花，高枝竞发，春意方酣。迨花渐谢而叶益繁，则春且归而夏将至矣。入夏后，桐荫遮道，惠人实多。光景连年，因成一绝。

②桃李无言：古谚云："桃李无言，下自成蹊(xī)。"

在舅舅书房里。

陶青甥女至自昆明，旋访欧返京复南归，有赠二首

七律

一九九五年十一月，北京

天外飞来喜可知，渭阳情重慰相思。
国当虎跃龙腾日，人在绮年玉貌时。
项目甫陈科技委，航程旋指法兰西。
轮镳[1]南去明朝别，珍重兰馨雪洁姿。

①轮镳(biāo)：车轮和马具，此处借指飞机。

书法：王征

其二

犹忆初逢故宅前，今朝风貌更翩翩。
论才喜我知君早，励志怜儿像母贤。
但觉春温盈荜户①，频将笑语慰衰年。
临歧何敢添惆怅，报国齐家费仔肩②。

①荜(bì)户：用竹荆编织的门，常指房屋简陋破旧。

②仔肩：任务；责任。

青锡南归，赋二律以贻其母二首 录一

七律

一九九五年十一月，北京

少小辞家去不还，随军万里越关山。
有怀投笔①同宗悫②，不作男装异木兰。
尽瘁岂缘图后报，离休犹未得安闲。
春城好景君须惜，山色湖光仔细看。

①投笔：指东汉班超投笔从军。弱妹毓十六岁以高中生随二野部队自南京步行至云南，故用此事。

②宗悫(què)：南朝宋人。少年时向其叔父表示“愿乘长风破万里浪”，后封洮阳侯。

毓妹50年代初苗装照。

毓妹在昆明。

七律

返京后，柬沪上昔年参加学运诸同学

一九九六年五月

风雨沧桑五十年，
相逢一笑尽华颠[①]。
艰难讵负平生志，
衰白难忘金石缘。
大节无惭追往迹[②]，
西州有恸失诸贤[③]。
凭君莫唱《江南忆》，
我自寻根到海天。

①华颠：白头。

②大节无惭追往迹：指在复旦大学参加地下党秘密外围组织UDY(民主青年联盟)等事。

③西州有恸失诸贤：指蒋祖培、聂崇斌、孙务纯、茅祖本、顾则先、江泽宏等UDY领导及成员过早地谢世或遭迫害致死。西州，古城名，旧址在今江苏省南京市。晋羊昙素为谢安爱重。安死后，昙行不由西州路。一日醉至西州门，恸哭而去。后遂以西州或西州路为典实，表示感旧兴悲，悼念故人之情。

七律
哀故人

一九九七年，北京

江王翟顾①久凋零，
又听茆曹②传讣音。
并世英才归地府，
天涯知己剩晨星。
贤良无命神胡靳③，
魑魅延年鬼有情。
我欲呼天天聩聩，
死生亦有不平鸣！

①江王翟顾：江泽宏、翟华林、顾则先，注释均见前；王效君，予之至交，曾共事山东财经学院。

②茆曹：茆仁中，山东省供销合作社故社长；曹振亭，建设银行山东省分行办公室故主任。

③靳：吝惜。

七　绝

参加中央组织部组团赴浙度假六首

一九九七年七月

杭州浙江省国宾馆——刘庄

曲苑回廊人迹鲜，
楼台近水晚凉多。
市朝远去尘嚣净，
卧听萧萧雨打荷。

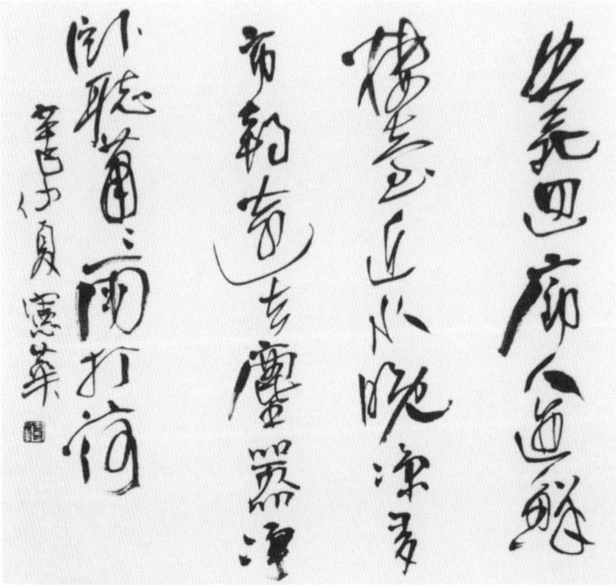

书法：孙宪华

其二

莫干山

莫干湖上莫干山，
翠羽[1]千重竹万竿。
江左风流多韵士，
虚心劲节似君难。

①翠羽：指竹叶。

宁波天一阁①

其三

巍然一阁海东隅，浊世辞官隐市居。
堪羡侍郎②无俗骨，不藏万贯独藏书。

①天一阁：明嘉靖间浙江鄞县范钦藏书阁，为中国现存最古的藏书楼。

②侍郎：指阁主人范钦，明兵部右侍郎。

1997年7月，天一阁(百鹅坊)。

1997年在溪口。

其　四

溪口妙高台

妙高台景绝尘寰，
山色葱茏水蔚蓝。
五十年间人事改，
旌旗何日会台湾？

其　五

舟山群岛，用康南海韵

大宇苍茫列岛环，
海东锁钥重舟山。
天风鼓浪飞舻[1]疾，
无复当年泣马关[2]！

①飞舻(lú)：舻，船头、船尾，借指船，此处代指舟山海军战舰。

②无复当年泣马关：昔康南海舟过马关，有诗云："碧海沉沉岛屿环，万家灯火夹青山。有人遥指旌旗处，千古伤心是马关!"。现国家强盛，马关之耻已雪。

驶向舟山——偕漱芳在南京军区游艇上，右为中央组织部带队林锦法同志。

其六

兴邦·多士

紫荆花艳珠还日，
烽火芦沟周甲年[①]。
不是兴邦隆国运，
那容多士共骈阗[②]？

①紫荆花艳珠还日，烽火芦沟周甲年：一九九七年七月，适逢香港回归祖国之时，又值抗日战争爆发六十周年纪念。

②骈阗(pián tián)：形容多。

七绝
咏白莲

一九九七年，杭州刘庄

凌波缥缈发新枝，
白玉装成绰约姿。
不共群芳争艳色，
此身端合住瑶池。

国画：陈湘波

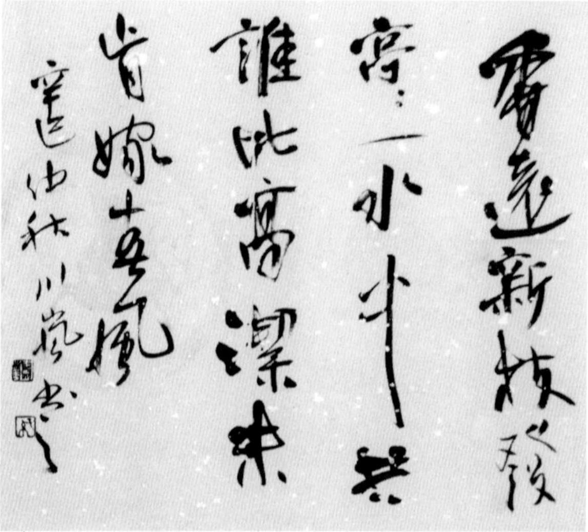

书法：孙宪华

戏为与芙蓉问答二首

五绝

一九九八年夏，北京

香远新枝发，
亭亭一水中。
共谁比高洁，
未肯嫁春风？

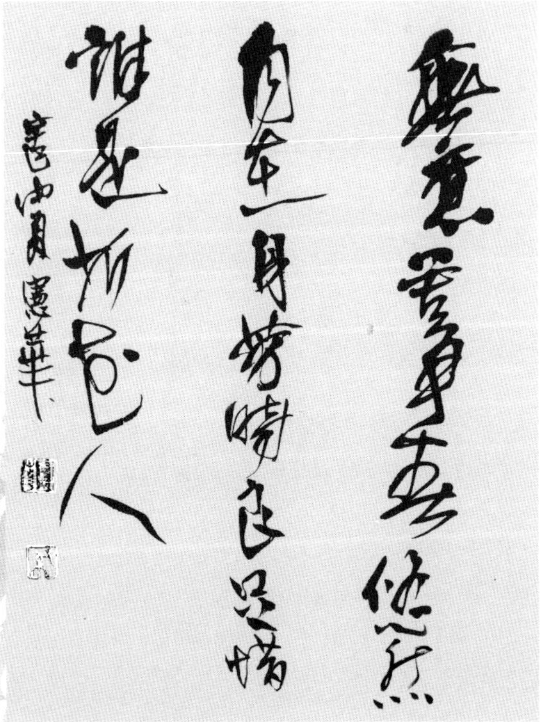

书法：孙宪华

其　二

无意苦争春，
悠然自在身。
芳时[1]良足惜，
谁是折花人？

①芳时：良辰，花开时节。宋欧阳修《减字木兰花》词："爱惜芳时，莫待无花空折枝。"

七　绝

荷花生日，紫竹院观荷，不见白莲

一九九八年八月，北京

荷叶罗裙一色裁，
红衣[1]香韵[2]袭人来。
风流不见芙蓉白，
自向瑶池款款开。

①红衣：荷花瓣的别称。
②香韵：香气、香味。

国画：朱嘉权

七　绝

夜读李商隐诗有感，口占二绝

一九九八年十二月，北京友谊医院

嫁女今无王右军①，
怜渠红粉有才名。
乌飞雀噪成何事，
一树桐花待凤鸣。

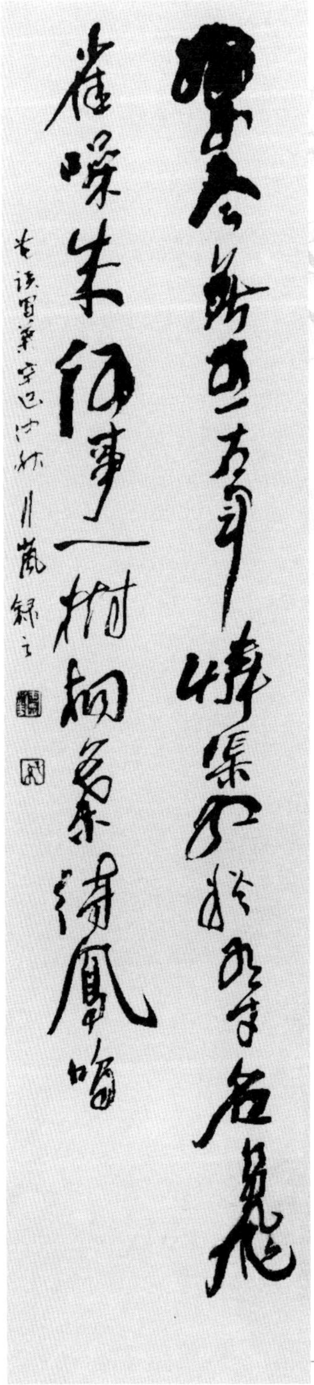

书法：孙宪华

①嫁女今无王右军：为李商隐《漫成五章》诗句。王右军：晋王羲之，曾官右军将军。

国画：朱嘉权

其二

锦瑟华年谁与度？
流莺巧啭几人知？
暗香冷蕊阴晴里，
独占东风第一枝。

七 律

新居遣兴

二〇〇二年八月，卜居玉渊潭之明年

俯仰长天碧水间，
卜居[1]恰对玉渊潭。
一川[2]草色妍纤雨[3]，
百木[4]风轻唱暮蝉。
偶有诗情来枕上，
恨无清梦到云端。
白头何用悲花落[5]？
且乞闲身返自然[6]。

①卜居：择地居住。

②一川：一片平川；满地。

③纤雨：细雨。

④百木：一切树木。

⑤唐岑参《寄左省杜拾遗》诗："白发悲花落，青云羡鸟飞。"

⑥晋陶渊明《归园田居》诗："久在樊笼里，复得返自然。"

七 律

癸未年春节后，因腿疾入住北京友谊医院，老友门人时相过从，慷慨论天下事，感而赋此

二〇〇三年惊蛰后三日

衰病兼逢未暖春，
闻风犹是长精神。
九州生气思前哲①，
一世英才期后生。
斗室纵横天下事，
危言②慷慨老成心。
何当共富加民主，
寰宇讴歌唱太平。

①九州生气思前哲：清龚自珍诗："九州生气恃风雷，万马齐喑究可哀。"
②危言：直言。

1941年5月高中应届毕业时，摄于上海南阳路儿童花园（前排右四为陶）。

1949年10月1日，中华人民共和国成立，上海各界举行庆祝游行。陶在交通银行游行队伍中手举大红旗。

1945年复旦大学毕业时照。

1947年，时在上海交通银行总管理处。

1954年，时任职于北京中国人民建设银行总行。

1956年，北京，儿子陶恬周岁。

1958年10月，成都杜甫草堂，与建行总行张宗祐、萧忠堃合影。

1958年11月出差回京，行装甫卸，即往托儿所将三周岁的儿子临时接出，先去动物园，再到天安门摄影，然后按规定送回托儿所。时其母亦下乡，孩子因久无人接，乍见时有些茫然，也不叫爸爸了。

1959年2月，由财政部下放农村劳动锻炼一年前，全家合影。

1959年下放北京昌平区西沙屯村劳动锻炼，与财政部全体下放干部合影（后排右二为陶）。

1962年4~9月期间，由山东财经学院来京编写《基本建设财务与信用》一书，经财政部教材编审委员会审定为全国统编教材。

1965年8月摄。时在北京参加第二届全国财政理论讨论会。

1966年上半年摄于济南山东财经学院。

1979年5月摄，时为济南山东大学汉语大词典编写组成员。

“如切如磋，如琢如磨。”1980年8月，在北戴河先后参加财政科学研究所许毅所长主编的《财政学》初稿讨论会和财政基础理论研讨会。中为姜维壮教授。

后生可畏 1983年6月，在湖北财经学院(现为中南财经政法大学)为其81级硕士研究生作学术报告并进行座谈，会后留影。前排左二为财政系副主任何盛明，左三为卢石泉教授，右二为随行的财政科研所81级硕士研究生袁北青。

1984年秋，送82级硕士研究生陈穗红赴湖北建设银行实习。摄于武汉市新建黄鹤楼前，右为李海教授。

1984年9月，于吉林省通化市黄额布水库游艇上合影，中坐者为沈经农教授。时正编写《财政辞典》。

泛舟西湖 1985年9月，有事于浙江财经学院。中为已故汪学谦教授。

一衣带水 1986年夏在辽宁省丹东市鸭绿江中朝界河碑前，与陈宝森教授（左）及辽宁省财政厅原厅长张敏（上）合影。

1986年夏，辽宁省抚顺市大伙房水库。左为范一飞博士，时在财政科学研究所进修。

东坡二赋 1986年11月，湖北省文赤壁留影。时在中南财经大学受聘兼职教授，并作学术报告。

问难求真 1987年，摄于东北财经大学。

1987年8月，摄于重庆北碚抗日战争时期原复旦大学男生宿舍二斋旧址。旧屋犹存，惟昔日竹篱笆墙(外抹青灰)易以青砖，且另辟木窗，较原在房门之上开一小窗为胜。

1987年9月，在安徽财政学会组织的报告会上。

天降诗王 1989年春过河南巩县访杜甫诞生地时留影。左为王亘坚教授，中为巩县文化馆同志。“诗王”本为对唐代大诗人杜甫的颂称，唐代即有天降诗王之说。

1991年7月，于内蒙呼仑贝尔留影。

1994年1月，于广东肇庆与研究生郑振涛合影。振涛时任广东省财政厅处长。

1994年9月，南京。与王琢教授合影。

元旦会餐 1995年元旦，在原花园村住宅与已毕业的部分研究生会餐。

归省 1995年11月，儿子自美回国省亲，摄于北京。

1995年12月，与朱晓明甥女在天安门城楼前留影。

不上长城非好汉 1995年12月，于北京八达岭长城留影。1988年4月到怀柔慕田峪长城，1995年9月到八达岭长城，均止于城下而未上。此次以不上长城非好汉自勉自期，以届满72岁高龄，毅然攀登至半山。

师友平生 1996年2月18日与老研究生罗云毅博士书斋闲话。

旧谊重温 1996年10月，财政部老干部局组织旅游，与复旦老同学杨光辉在往普陀山的轮渡上留影。

1996年10月，于浙江留影。左为张义斌，右为纪克绳。

枣庄留影 1997年到山东枣庄市作调查，在枣庄宾馆与山东财经学院1965届同学合影。右为张同顺，时任枣庄市财政局局长；左第一人为李炜，时任枣庄市开发区财税局局长；左第二人为陈克，时任枣庄市银行学校校长。

1997年11月，与研究生韩继东在广东从化温泉留影，韩时任深圳龙岗区财政局局长。

少小离家老不还，乡音全改鬓毛斑 1998年6月在昆明毓妹宅前留影。是年兄75岁，妹65岁。

1998 年 6 月，丽江古城，与陶青甥合影。

鼋头对话 2001年4月，无锡太湖，左为研究生吴少中博士。

2002 年 9 月，天津财经学院举办“收入合理分配高级研讨会”，晚宴上相与评古论今（左起：梁尚敏、王美涵、王亘坚教授）。

2003 年 2 月，与往届和在学研究生共庆癸未羊年。

后记

陶增骥先生系财政部财政科学研究所研究员、教授、博士研究生导师，也是我国著名财政经济专家，中国财政学会理事，中国投资学会一至四届常务理事。

陶先生1923年出生于江苏镇江，毕业于复旦大学经济系，青年时期向往并投身于革命事业。他在20世纪50年代参加筹建中国人民建设银行工作，创建业务制度，60年代从事高等财经院校的教学，是我国最早在实践经验基础上研究投资经济的学者，并创立了《基本建设财务与信用》这一门学科。80年代在财政部研究所主持基础理论研究工作并着重研究投资经济问题，著有《基本建设财务与信用》、《社会主义经济建设与投资》等著作，发表学术论文多篇，被国务院认定为对发展中国社会科学事业作出突出贡献的专家。

陶先生也是中国财经理论界为数不多的对中国古典文学颇有研究的学人。他曾参加《汉语大词典》的编纂工作，尤其酷爱古典诗词，精于诗词格律，暇时颇多吟咏之作。奉献给广大读者的《伏枥诗存》，取“老骥伏枥，志在千里”之意，诗集首篇寄友人诗即有“伏枥犹思踏九边”之句。集中怒斥“四人帮”，畅叙亲友革命情谊，讴歌祖国山川之美。尤其值得称道的是，他在“文革”中虽身处逆境，而志存高远，拳拳报国之心，时时见诸笔端。作品诗情浓郁，音调铿锵，读后掩卷遐思，犹觉余音在耳。如此艺术享受，编者愿与有同好的读者共享。

编 者

图书在版编目（CIP）数据

伏枥诗存 / 陶增骥著. —广州：岭南美术出版社，2003.1
ISBN 7-5362-2553-9

Ⅰ.伏... Ⅱ.陶... Ⅲ.古体诗—作品集—中国—当代 Ⅳ. I227

中国版本图书馆CIP数据核字(2003)第002523号

责任编辑 熊旻颖
李 颖
特约编辑 韩继东
封面题字 何玉生
封面设计 李 颖
责任校对 虞向华
责任技编 钟智燕

伏枥诗存
FU LI SHI CUN
陶增骥 著

出版、总发行：岭南美术出版社
（广州市水荫路11号9、10楼 邮编：510075）
经 销：全国新华书店
印 刷：深圳现代彩印有限公司
版 次：2003年1月第一版
2003年1月第一次印刷
开 本：787×1092 mm 1/16
印 张：5
印 数：1-2000册
ISBN 7-5362-2553-9

定价:30.00元